Die gedultig und gehorsam marggräfin Griselda

Hans Sachs

Ein comedi mit 13 personen, hat 5 actus

Die person in die comedi.

Ernhold.

Marggraff Waltherus von Salutz.

Griselda, die geduldig.

Janiculus, ir vatter.

Deß marggraffen junger sun.

Deß marggraffen junge tochter.

Graff von Banocho.

Marco, der erst rath.

Terello, der ander rath.

Die erst hof-jungkfraw.

Die ander hof-jungkfraw.

Antoni, der erst trabant.

Miser Lux oder ander trabant.

Anno salutis 1546, am 15 tag Aprilis.

Actus I.

Der herolt tritt ein, neygt sich unnd spricht.

Heyl und glück sey den ehrenfesten

Und außerwelten edlen gesten,

Die ir versamelt seyt zu mal

Hie in diesem fürstlichen sal

Herr Walthers, marggraff zu Salutz,

Welcher handhabt gemeinen nutz

Fürsichtigklich in seynem land,

Doch ledig, on ehlichen stand!

Drumb werden legen seine rät

An ihn ein demütig gebet

Von wegen der gantzen landschafft,

Es sey von nötten und ehafft,

Das sein gnad auch heyraten sol.

Nach dem er sie geweret wol

Und eines hirten tochter nimbt,

Wie wols sein gnaden nit gezimbt,

Welcher gehorsam und geduld

Probiert er hoch, doch unverschuld

Find er sie trew, stet und demütig,

Mit wort und wercken still und gütig.

Nun schweigt ein weyl und habet rhu

Und höret der comedi zu,

Wie sich all sach verlaufen thu!

Die zwen räth gehen ein; der 1 rath Marco spricht.

MARCO, DER ERST RAT.

Herr Therello, ich hab zu reden

Ein heymlich wort zwischen uns beden

Antreffend unsern gneding herren.

Ist das: ich hab gehört von ferren,

Das in der landschafft sey groß klag,

Das sein genad sein junge tag

Also an den chstand vorschleust

Unützlich und sein zeyt verleust

Mit dem weydwerck, hetzen und jagen.

THERELLO, DER ANDER RATH.

Das hab ich auch langst hören sagen,

Wie er durch söllich jägerey

Im regiment nachlässig sey,

Meynt, wenn sein gnad vermehelt wer,

So würd für sollich kurtzweyl er

Vil baß vorstehn dem regiment,

Also nemb es kein gutes end.

MARCO, DER ERST RAT.

So rat, wie man den sachen thu,

Ob man bereden kund darzu,

Das sein gnad khem in stand der eh!

THERELLO, DER ANDER RAT.

Wie ich aber die sach versteh,

Hat sein gnad inn die eh kein lust.

Derhalb der rathschlag ist umb sust.

MARCO, DER ERST RAT.

Ich rath, das man die sach anbring

Eins tags, wenn er sey guter ding

Gantz höflich in eym feinen glimpff,

Das es sey halb ernst und halb schimpff,

Im anzeyg all umbstent darbey,

Wie und warumbs von nöten sey.

Hilfft es nit, so iß ye nit schad.

THERELLO, DER ANDER RATH *spricht.*

Ich will ansprechen sein genad

Noch heut deß tags, yedoch das ir

Herr Marco wöllet helffen mir.

MARCO *beut im sein band unnd spricht.*

Seht, habt euch deß zu pfand mein trew!

Ich hoff, das es uns nit gerew.

Ietz kompt sein gnad; redts frölich an!

THERELLO *spricht.*

Nun walt sein glück! ich wils gleich than.

DER MARGGRAFF *tritt ein mit sein trabandten und spricht.*

Was ratschlaget ir beyde sand

Und was ist das geschrey im land?

THERELLO, DER ANDER RAT.

Gnediger herr, ewer gütigkeyt

Macht uns behertzet alle zeit,

Als anlign mit ewer gnad zu reden.

Uns ist gantz kündlich allen beden,

Das die gantz landschafft hat ein bit

An ewer fürstlich gnad, die auch nit

Ist ewren gnaden ab-zuschlagen.

DER MARGGRAFF *spricht.*

Was ist die bitt? thüt uns ansagen!

Dunckts uns gut, so wirdt sie gewert.

THERELLO, DER ANDER RAT *spricht.*

Ach gnediger herr, sie begert,

Das ewer gnad heyraten solt.

Das selbig sie verdienen wolt

Beyde mit leibe und mit gut

DER MARGGRAFF.

Deß seind wir nie gewest zu mut

Und kam uns auch nie in den sin.

Frey ledig bleib wir für und hin,

Weyl selten ein weib ihrem man

Gehorsam ist und undterthan.

Int eh wert wir uns nit begeben.

MARCO, DER ERST RATH.

Ach gnediger herr, menschlichs leben

Teglich das alter hindter-kreucht.

Dergleichen der tod nit verzeucht.

Solt ewer gnad mit tod abgehn,

Wie wurd es umb die landschafft stehn?

Sie müst dulden ein frembden herrn,

Vil freydienst, stewer und wider-werrn,

Etwan krieg, raub, mord und brand.

Darzu ward auch im gantzen land

Undter-gehn ewer edler nam,

Ewer tittel, gantz gschlecht und stam.

Schilt und helm wurd mit euch begraben.

Dargegen wir ermessen haben,

Wo ewer gnad ein gmahel näm,

Der sein fürstlichen gnaden zäm,

Wie wir auch eine suchen auß,

Etwan auß eim fürstlichen hauß,

Von gutem adel ausserkorn,

Von der ewern gnadn wurn erbn geborn,

Die denn nach ewern gnad selig end

Innhielten auch das regiment,

Deß wurd ewer nam gleichsam götlich,

Ewig werend und gleich undödlich,

Deß wurd ewer gnad unnd auch darmit

Die gantze landschafft wol befridt.

Schaut! das hab wir in rat erfunden.

DER MARGGRAFF *spricht.*

Ir habt uns gleich mit überwunden,

Das wir uns in das ehlich leben

Frey-willigklich wöllen begeben,

Iedoch das wir haben allmal

Zu heyraten ein freye wal.

Wir nemen ein gmahel, wie wir wöllen,

Das die landschafft die selben söllen

Halten für ir gnedige frawen.

Darauff wöll wir uns selb umbschawen

Nach einer, die unserm hertzen gfall.

Darumb geht und bestellet ball

Speiß und tranck, kleidung, schmuck und zir,

Seytenspil, dentz, spil und thurnier,

Auff das man hochzeyt halten mag

Von heut über vierzehen tag!

THERELLO, DER ANDER RATH.

Got sey danck und ewer genad,

Die diese schwere bürd ablad

Der gantzen landschafft von dem rück!

Darzu wünsch ich ewern gnaden glück.

Die rät geen ab, der marggraff spricht zum ersten trabanten Antoni.

Geh auff das nechste dorff hinnauß

In eines armen hirten hauß,

Der Janiculus ist genandt!

Heiß in zu uns kummen zu band!

ANTONI, DER TRABAND *spricht.*

Gnediger herr, ich kenn in wol.

Ewern gnaden ich in bringen sol.

Beyd trabandten geen auß; Janicule kumpt, neigt sich; der fürst spricht.

Janicule, thu uns bekandt,

Wie doch dein tochter ist genandt!

JANICULUS, DER HIRT *spricht.*

Griselda heists, gnediger herr!

DER MARGGRAFF.

> Wir sind offt außgeritten ferr
>
> Ans jayd, da uns der weg an-traff,
>
> Da dein tochter hütet der schaff,
>
> Hats unserm hertzen wol-gefallen
>
> Ob den edlen jungkfrawen allen.
>
> Janicule, nun sag bescheiden!
>
> Wie gfiel wir dir zu einem ayden?

JANICULUS.

> Gnediger herr, was ist von nöt
>
> Mit mir zu treyben das gespöt?

DER MARGGRAFF *spricht.*

> Janicule, wir spotten nicht.
>
> Derhalb der sach uns klar bericht!
>
> Du bist ye unser undterthan;
>
> Billich thust, was wir wöllen han.

JANICULUS.

> Ach Gott, mein tochter aller ding
>
> Ist ewren gnaden vil zu ring,
>
> Denn das ir sie nembt zu der eh.

DER MARGGRAFF *spricht.*

> Janicule, uns recht versteh!
>
> Dieweil sie uns darzu gefelt,
>
> Hab wirs zum gmahel ausserwelt.
>
> Ich hoff, du werst uns nit abschlagen.

JANICULUS *felt auff seine knie, spricht.*

Ach Gott, wie kund ich das versagen!

O gnediger herr, hoch und tewer,

Als, was ich hab, ist alles ewer.

Darumb geschech ewer gnaden will

MARGGRAFF *hebt in auff, spricht.*

Geh hin! schweig zu den sachen stil

Und sag keym menschen nichts darvon!

JANICULUS *spricht.*

Gnediger herr, das will ich than.

Da habet gar keyn zweifel an!

Sie geen beyd ab.

Actus II.

MARCO *spricht.*

> Alle ding die seind zu-bereyt,
>
> Das hoffgesind ist new bekleyd,
>
> Dergleich ein köstlich frawen-zimmer.
>
> Die stecher sich bereytten immer
>
> Und ist heut der vierzehend tag.
>
> Doch unser keyner wissen mag,
>
> Wer doch wirt sein die fürstlich braut,
>
> Die im sein gnade hat vertrawt.
>
> Ir kleydung ist verfertigt, als
>
> Ring, ketten, schmuck an iren hals.
>
> Noch wissen wir nit, wo noch wer.
>
> Secht! dort geht gleich sein gnad daher.

DER MARGGRAFF *tritt ein mit sein trabandten, spricht.*

> Sagt! sind auff die fürstlich hochzeyt
>
> All ding zu ehren wolbereyt,
>
> Auch der braut kleidung, schmuck und gaben,
>
> Wie wir euch denn bevolhen haben?

MARCO, DER RAT *spricht.*

> Ja, gnediger herr, es ist geschehen,
>
> All ding örnlich und wol versehen,
>
> Zu knechten, keller, bett und tisch,
>
> Mit köstling dranck, wildpret und fisch.

Auch ist bstelt ein trawrig tragedi,

Darauf ein fröliche comedi.

Auch wirt ein brunnen mit wein fliessen,

Das sein die armen mügen gniessen,

Auch ein scharpff rennen und thurnier,

Ein abend-dantz mit grosser zier,

Solchs als auffs köstlichst ist bestelt

Zu ehren der braut ausserwelt.

DER MARGGRAFF *spricht.*

Wolauff, wolauff, so wöllen wir

Die braut holen mit irer zyr.

Des frawen-zimmer nempt mit euch,

Das sich die braut dest wenger scheuch!

Sie geen herumb, Griselda geet daher zurissen, tregt ein wasser-krug.

MARCO *spricht.*

Griselda, sag! wo ist dein vatter.

Dein ernerer, schütz und wolthater?

GRISELDA *neygt sich und spricht.*

Gnediger herr, er ist im hauß.

DER MARGGRAFF *spricht.*

Geh! heyß in bald zu uns herauß!

Sie geet ab, bringt den vatter; der fürst spricht.

Janicule, kumb! laß dir sagen!

Wir habn mit dir vor kurtzen tagen

Geworben umb die tochter dein.

Deß wirt ye noch nit anders sein.

JANICULE *hebt sein hend auff unnd spricht.*

O gutwillig, an als abschlagen.

Thu Got und ewer gnad dancksagen,

Das ir uns armen nit verschmecht

Von armen nidern baurn-gschlecht!

DER MARGGRAFF.

Nun wöll wir fragen in der stil,

Obs auch sey deiner tochter wil.

Der vatter schreyt ir, sie kumpt. Der fürst spricht.

Griselda, dein vater und wir

Haben uns vereynigt ob dir;

Drumb zeyg uns auch dein willen an!

Möchst uns zu eym gemahel han,

Das du uns ghorsam und gutwillig

Wolst sein, wie eim weib zimmet billich,

On wider-willen und ein-trag,

So wolt wir forthin unser tag

Mit dir im ehling stand verzeren,

Erhöhen dich in fürstling ehren.

GRISELDA *spricht.*

Vatter, ist es der wille dein,

So sols mein will auch gentzlich sein.

Doch bin der ehrn ich gar unwirdig.

Weyl aber ewer gnad ist mein begirdig

Und mir Gott hat beschert das glück,

So will ich euch in allem stück

Gehorsam sein und untherthan,

Auch gentzlich kein gedancken han,

Der wissentlich wider euch sey,

Das sey ewer gnad sorgen-frey.

DER MARGGRAFF *spricht.*

Es ist genug; thu weitter schweygen!

Ich wil dich unser landschafft zeygen.

Er wend sich mit ir zum hoffgesind, stoßt ir den gmahel-ring an unnd spricht.

Secht, ir getrewen allgemein!

Die jungkfraw sol unser gmahel sein.

Die halt für ewer fürstin in ehren,

Unser gunst und gnad mit zu mehren!

MARCO *beut im die band und spricht.*

Ich wünsch ewer gnad von Got den segen

Von ewer gnad aller landschafft wegen

Zu dem heyling ehlichen stand.

Nun wirt sich duncken ewer land

Das glückseligst auf gantzer erd,

Weils von ewern gnaden ist gewert.

DER FÜRST ZUN JUNGKFRAWEN.

Ziecht ir die alten kleyder ah!

Mit schönem gwand ich sie begab,

Die eyner fürstin thund gebürn,

Darmit in den palast zu fürn.

Wie gfelt dir unser gnediger herr?

Ich mein, er hab gehabt das blerr,

Das er deß hirten tochter hat gnummen,

Weil sein gnad wol het überkummen

Der künig oder fürsten töchter.

Ey, pfuy der schanden! ey nun möcht er

Deß adels habn verschonet dran!

Was will er mit der bewrin than?

Wo hat nur sein gnad hin gedacht?

MISER LUX, DER ANDER TRABAND.

Die ding stöhnt in seiner gnaden macht.

Er hat angesehen ir schöne jugent,

Ir zucht, geberd, sitten und tagend,

Durch die sie ist vil edler worn,

Als wenn sie edel wer geborn.

Ob sie gleich ist von nidrem stamen,

Sie wird wol adlen iren namen

Mit demut on allen bracht und stoltz.

Weil sie der schäflein vor dem holtz

Gehütet hat mit ringer narung,

In mü und arbeyt hat erfarung.

Derhalb kan sie dest bas den armen

Glauben und sich ir not erbarmen.

Und ist nützer der landschafft her,

Denn wens eins künigs tochter wer.

Nun wöll wir ziehen auff den sal,

Halten das höchzeytliche mal

Und als, was zu fürstlichen ehren

Gehört, mit fröligkeit zu mehren.

Sie geen alle in ordnung auß; der fürst kumpt mit sein räthen unnd spricht.

Ir lieben getrewen, sagts! wie gfelt

Euch unser fürstin ausserwelt?

Was hört ir in dem land von dem?

Ist sie dem volck auch angenem?

MARCO, DER ERST RAT *spricht.*

Gnediger fürst, fürbreißlich wol,

Wann sie ist aller tugent vol,

Helt sich gehn yederman demütig,

Auch ist sie barmhertzig und gütig.

Ir lob im gantzen land ist ruchtbar.

Auch ist sie geberhafft und fruchtbar.

Kein edlere het ewer gnad künnen finden

Undter all künig und fürsten-kinden.

DIE ERST HOFF-JUNGKFRAW KUMPT.

Gnediger herr, gelobt sey Got!

Gebt mir ein frölich botten-brot,

Wann unser fürstin ausserkoren

Ein schöne tochter hat geboren!

DER MARGGRAFF *spricht.*

Geht eylend hin und ordinirt,

Das die kirch werd geschmückt und zirt

Zu dieser fürstlichen kind-tauff!
Last in dem sal auch richten auff
Ein köstlich mal den edlen frawen!
Geht! handelt, wie ich euch thu trawen!

Wir wem wol ein glückselig man,
Weil wir ein solche gmahel han,
Die sich so tugentlichen helt,
Das sie der gantzen landschafft gfelt,
Auch fruchtbar ist zu dem gebern.
Noch falt uns eins, west wir auch gern,
Ob uns auch wurd der gmahel fein
Gehorsam und gutwillig sein,
Wenn wir begerten ein schwer ding
Von ir, das ir zu hertzen gieng.
Nun wöll wir versuchen die frawen
Und ir gehorsamkeyt anschawen,
Das wir ir dest baß mügen trawen.

Actus III.

Die fürstin kumpt mit irn jungkfrawen, tregt ihr kind eingewickelt, setzt sich und spricht.

Ach Gott, dir sey lob, ehr und preyß,

Der du so wunderlicher weiß

Mich hast erhebt auß dem ellend

In das hoch fürstlich regiment,

In ein so glückseliges leben,

Mir auch ein schöne tochter geben,

Doch über als den herren mein!

Dem wil ich untherthenig sein

Und in will lieb haben und werd,

Dieweil ich leb auff dieser erd.

DER MARGGRAFF *kumpt, spricht traurig.*

Ir jungkfrawen, trett ein wenig ab!

Ein wort ich hie zu reden hab.

Sie geen ab; der marggraff spricht.

Griselda, lieber gmahel mein,

Du weist wol das herkummen dein

Von schlechtem stam, unedler art.

Das vertreust meinen adel hart,

Vor-auß weil du uns hast geborn

Ein tochter, welche auch mit zorn

Der adel gar nit leyden will.

Das klag ich dir hie in der stil.

Wo ich anderst will fride hon,

Muß ich das kind hin lassen thon,

Wie wols uns thut im hertzen weh.

Hab dir das wöllen sagen eh,

Das gschech mit deim willen und wissen,

Weil du dich bißher hast geflissen,

Unsern willn zu thun on abgang,

Wie du denn verhiest im anfang.

GRISELDA *hebt ir hend auff unnd spricht.*

Gnediger herr und gmahel mein,

Ich und das junge töchterlein

Sind ewer eygen und erwelt.

Mit uns mügt ir thun, was euch gfelt,

Mein nicht verschonen umb ein har,

Wann ich hab mich ergeben gar,

Das ich mir gentzlich laß in allen

Ewer gnaden willen allzeit gfallen.

Ich beger nichts zu bhalten sehr,

Furcht auch nichts zu verlieren mehr,

Wann euch allein; das brecht mir schmertz,

Weil ir seyt bschlossen in mein hertz

In rechter warer lieb und trew.

Hab sunst nichts mehr, das mich erfrew

Auff erd; dieweil ich hab mein leben,

Soll euch mein will nit widerstreben.

Der fürst beut ir die hand, geet ab. Die jungkfrawen kummen wider; die erst spricht.

Gnedige fraw, was ist geübt,

Das der fürst ist so gar betrübt

Und sehr traurig geht auß dem sal?

GRISELDA, DIE FÜRSTIN *spricht.*

Sich hat zu-tragen ein unfal.

Vil-leicht wird es von Got gewendt

Noch etwan zu eym guten end.

ANTONI, DER TRABANT *kumpt mit blossem schwerd und spricht.*

Gnedige fraw, wölt mir vergeben!

Wil ich verlieren nit mein leben

Mit einem grimmen herben tod,

So muß ich nach des fürstn gebot

Ewer junges kindlein richten hin.

Gott weyß, das ich sein trawrig bin.

GRISELDA *schaut ihr kind, kust es und zeichnets mit dem creutz und gibt ims, spricht.*

So nimb hin das unschuldig blut,

Weil sein mein herr begeren thut,

Und verbring deines forsten gebot!

Iedoch so bitt ich dich durch Gott,

Du wölst die gnad an mir beweisen,

Das du nit wölst lassen zerreissen

Sein zarts leiblein in walts refier

Die vögel oder wilden thier.

Antoni tregt das kind hinnauß. Sie sicht im sehnlich nach.

DIE JUNGKFRAW *spricht.*

> Ach gnedige fraw, thüt uns sagen!
>
> Ach wo wil der das kind hin tragen?
>
> Wil er es würgen in dem wald?
>
> Sein augn warn ye grausam gestalt.
>
> Ach Got, der fürst ist unbesint.
>
> Was zeicht er das unschuldig kind?

GRISELDA *spricht.*

> Was mein herr thut, ist wolgethan.
>
> Da hab ich keinen zweyffel an.

DIE ANDER HOFF-JUNGKFRAW.

> Ja wol, ich het ims kind nit geben,
>
> Weyl er im nemen wil das leben.
>
> Ich het es eh heymlich verstecket.
>
> Kein mensch solt mirs habn abgeschrecket,
>
> Het mich ehs fürsten huld verwegen.

GRISELDA *spricht.*

> Nein, mir ist mehr am herren glegen,
>
> Dann an mir selb, an allen zitter;
>
> Es sey mir gleich süß oder bitter,
>
> Alles, was er von mir begert,
>
> Wirt frölich er von mir gewert.
>
> Wolauff! nun wöllen wir hinein
>
> Zum allerliebsten herren mein.

Sie geen auß, der fürst geet ein unnd spricht.

Wir wölln hie wartten auff den knecht.

Ob er uns her das kindlein brecht,

Wöll wir weitter bescheyd im geben.

Schaw! dort kumpt der Antoni eben.

ANTONI *kumpt, der fürst spricht.*

Anthoni, bringst das kindlein du?

Sag! was sagt die fürstin darzu?

ANTONI, DER TRABANT *spricht.*

O gnediger herr, gar gutwillig

Gabs mir das kind, kein wort unbillich

Redts, all ir red was senfft und lind.

DER MARGGRAFF.

Raiß eylend hin! bewar das kind

Fleissig und wol, wie thut gebürn,

Inn eym korb auff eym esel fürn

In die hauptstat Bononia

Unnd bring es meiner schwester da,

Der grävin von Banocho und sprich,

Das sie das kind mit fleiß auff-zich,

Doch das sie niemand sag darbey,

Wer sein vater und muter sey,

Und schweig auch zu den sachen stil!

ANTONI, DER TRABANDT *spricht.*

Gnediger herr, das kind ich wil

Antwortn und es mit fleiß bewarn,

Das es sunst niemandt sol erfarn.

Ach gnediger herr ausserkorn,

Die fürstin hat ein sun geborn

In dieser stund; gelobt sey Got!

Gebt mir ein frölich botten-brot!

Sie geet ab.

DER FÜRST *spricht.*

Geh eylend, wünsch der fürstin glück!

Ich will versuchen das ander stück,

Ob unser gmahel nit sey abwendig,

Sunder in ghorsam noch bestendig.

Da kumpt eben ein rechter knecht.

Miser Lux, du kumbst eben recht.

Geh eylend zu der fürstin hin!

Sprich, es sey unser wil und sin,

Das sie das junge kind dir geb!

Ich wöll nit lenger, das es leb,

Wann die landschafft thu mich vexiren,

Das nach unsrem tod solt regieren

Das kind, einer bewerin sun.

Drumb wöllen wirs ablassen thun.

Zum warzeychen zeyg ir mein ring!

Geh! eylend mir das kindlein bring!

Er nembt den ring, geet ab; der fürst spricht.

Vil-leicht sie dem das kind auch geyt

Gedultig mit gutwilligkeit;

So ists das ghorsamst weib auff erd,
Sie soll uns erst sein lieb und werd.

DER TRABAND *bringt das kind unnd spricht.*
Gnediger herr, ich bring das kind.

DER MARGGRAFF *spricht.*
Sag, was sagt die fürstin, gar gschwind!

DER MISER LUX *spricht.*
Sie sagt: Nimb das unschuldig blut,
Weyl das mein herr begeren thut!
Thu mit im, was er dir gebot!
Und wenn er mir geböt den todt,
Wolt ich mich in sein willen geben
Lieber, denn an sein willen leben.
Sein will mich alzeyt frewen muß.
Darmit gab sie dem kind ein kuß,
Bat, ich solts in deß walds refier
Nit werffen für die wildten thier,
Zu fressen seine zarte glider.
Darnach küst sie das kindlein wider
Und thet es mit dem creutz bezeychen,
Thet mirs gar gutwillig her-reychen
On alle seufftzen, weyn und klag.

DER FÜRST *segnet sich und spricht.*
Geh eylend! thu, als ich dir sag!
Rüst zu ein esel zu dem wandern
Und bring das kindlein zu dem andern
Gen Bononi der schwester mein!

Bitt, das irs laß bevolhen sein,

Thüs als ir eygen kind bewarn,

Doch still, das niemand thu erfarn!

Der traband tregt das kind hin; der fürst redt mit im selb.

Mein weib bleibt bstendig in unfal.

Noch will ich sie zum dritten mal

Versuchen noch mit eyner prob.

Ligts in geduld und ghorsam ob,

Will ichs denn mit rhu lassen bleyben,

Sie darnach ehrlich halten und schreyben

Ein kron ob allen edlen weyben.

Der marggraff geet auß.

Actus IV.

DER MARGGRAFF *geet ein mit Antoni, gibt im sein betschir-ring unnd spricht.*

Reyt eylend gehn Bononia

Zumb graven von Banocho da!

Bring im den brieff! darbey im sag,

Das er mir, so bald als er mag,

Bring unser tochter und den sun

Und soll darzu nicht anders thun,

Als seis sein tochter und mein braut,

Die mir sey ehlichen vertrawt.

Antoni geet ab; der fürst verbirgt sich; die zwen rät kummen.

MARCO *spricht.*

Ach Got, wie nimbt mich so groß wunder,

Was unsere herren gnad besunder

Für ein unsinnigkeyt thut nöten,

Das er sein eygne kind lest tödten,

Tochter und sun nun alle zwey!

Im land geht gar ein böß geschrey

Über solch tyrannische that.

Auff dem lande und in der stat

Vermeyn, er sey kummen von sinnen.

THERELLO, DER ANDER RAT *spricht.*

O schweigt! und solt ers werden innen,

Er sölt uns in als unglück stosen.

Doch (hie geredt undter der rosen!)

Er hats gethan an unsern rat.

Unser keyner schuld daran hat.

Wir hettens sunst gestattet nit.

Ich glaub, er dretz die fürsten mit.

Uns zimbt ihn nicht drumb an zu reden.

MARCO, DER ERST RAT *spricht.*

Es gezimbt und stet zu uns beden

Zu handhaben gemeinen nutz,

Weil der fürst nit verschont seins bluts.

Wurs mit der zeit uber uns gan,

Wir wöllen in drumb reden an.

DER MARGGRAFF *schleicht herfür unnd spricht.*

Was ist die sach zwischen euch beden,

Das ir uns darumb wölt anreden?

MARCO, DER RAT *spricht.*

Da red wir von dem jungen herrn

Und jungen frewlein gar von ferrn,

Die durch geheyß ewer genaden

Erbermlich haben gnummen schaden.

Diese handlung dunckt uns zu streng,

Dergleich des gantzen volckes meng.

Wolt Got, und es wer nie geschehen!

DER MARGGRAFF *spricht trutzig.*

Was wölt ir denn all beyd hie jehen,

Wenn ich das weyb auch von mir stoß

Wider zu ihrem vatter bloß?

Wann ich hab deß bäbstlichen gwalt.

Drumb ichs nit lenger bey mir bhalt.

Der babst hat mit mir dispensirt.

Derhalb hab ich schon procurirt

Umbs graven tochter hochgeborn

Von Banacho die ausserkorn.

Was soll ich mit der bewrin thon,

Da eytel bauren kummen von?

MARCO, DER ERST RAT *spricht.*

Gnediger herr, ich thet sein nit.

Ewer gnad ich für die frawen bitt.

Ewer gnad hats ins vierzehend jar

Inn aller ghorsamkeit fürwar.

Ewer gnad wirts nit verbessern wol.

THERELLO, DER ANDER RAT.

Irs lobs das gantze land ist vol.

Sie bat gnedig helfen regiern.

Das volck wirts nit geren verliern.

Begnad sie! bitt wir alle bed.

Sie neygen beyd tieff; der fürst spricht.

Schweigt! es hilfft kein bitt noch einred.

Geh, ehrenholt! die fürstin bring!

Sprich, ich dürff ir eylender ding!

Die fürstin kumpt, neigt sich und spricht.

Gnediger herr, was ist ewer beger,

Das ir mich holen last hieher?

DER MARGGRAFF *zeigt ir die bäbstlich bullen und spricht.*

Griselda, merck! den bscheyd du habst!

Unser heyliger vatter babst

Hat uns erlaubt und des gwalt geben,

Das ich forthin mag ehlich leben

Mit eynem andren weib an dadel,

Die mir gemeß sey an dem adel,

Die uns wirt kummen in kurtzen tagen.

Darumb thu ich dir ernstlich sagen,

Das du mein weib nicht mehr wirst sein.

Derhalb nem die haußstewer dein!

Geh wider in deins vaters hauß!

Die landschafft thut dich treyben auß,

Die ist sampt uns dein urderütz,

Weyl du bist pewrisch und kein nütz.

Doch laß dir leicht sein das gelück,

Weyl es gar wanckel ist und flück!

DIE FÜRSTIN *spricht.*

O edler herr, ich hab vor lang

Betrachtet wol in dem anfang,

Das ich mit meiner schlechtn geburt

Ewer gnaden nie wirdig wurd,

Das ich möcht ewer dieren sein,

Ich schweyg ewer gmahel allein,

Hab mich auch auff dem fürstling sal

Ewer dienerin geschetzt allmal.

Was ehr und guts mir widerfarn

Bey ewern gnad in vierzehen jarn,

Das danck ich Gott und euch der gaben.

Will ewer gnad mich nit mehr haben,

So will ich willig gehn hinnauß
Wider in meines vaters hauß,
Mein zeit wie vor in armut vertreyben
Und ein selige witfraw pleiben,
Weyl ich ewer gmahel gwesen bin.
Eurn gmahel-ring nembt wider hin!
Auch zeuch ich all mein kleyder ab,
Der ich keynes zu euch bracht hab.
Mein andre kleyder, schmuck und zier
Werd in der kemnat finden ir,
Von der wegen sich iederman
In neyd gen mir hat zündet an.
Noch hab ich zu ewer gnad ein bitt,
Ir wölt mich so bloß nacket nit
Lassen zu meinem vatter gan,
Weyl ich bey euch gelassen han
Mein jungkfrewliche reynigkeyt.
Darfür last meinen leib bekleyt
Mit eym hembd, das man nit bloß sech
Mein leyb! doch, was ir wölt, das gschech!

DER FÜRST *spricht.*

Das hembd magst du behalten an,
In deines vaters hauß zu gan.

Der fürst geet ab; das ander hoff-gesind geet mit der fürstin umb.

TERELLO *spricht.*

Ach Gott, wer soll trawen dem glück?
Wie steckt es so vol falscher dück!
Die auß den pawren wirt erwelt

Zu einer marggrävin gezelt,

Wirt wider gstossen zu den bawren.

Ir trübsal thut uns alle dauren.

JANICALUS *geet ihr entgegen, tregt ire kleyder am arm und spricht.*

O tochter, wie elend kumbst her!

Mein hertz das war mir allmal schwer,

Die heyrat nemb kein gutes end,

Weyl groß herren so wanckel send.

Was sie lust, das mügen sie thon,

Wens an einer verfürwitzt hon,

Wie an dir ist geschehen leyder.

Darumb hab ich dir deine kleyder

Also fleissig noch auff behalten.

Dacht wol: wenn sein lieb wird erkalten,

So wird er dich auß-stossen wider.

GRISELDA *spricht.*

Vatter, mein herr ist frumb und bider.

On groß ursach hat ers nit than.

Drumb ich ims nit verargen kan.

Mein vatter, laß mich bey dir bleyben,

Meins lebens zeit bey dir vertreyben,

Wie wir inn armut uns vertrugend

In meiner erst blüenden jugent!

Mein schatz und adel bleibt die tugent.

Sie gehen alle auß.

Actus V.

DER FÜRST *geht ein mit all seym hofgesind, tregt ein brieff spricht.*

Als ich war in dem newen schloß,

Da kam mir ein eylende boß,

Wie das mein edle braut schon kumb

Und sey schon in dem marggraffthumb,

Etwann von Salutz auff zwo meyl.

Darumb so rüstet zu mit eyl,

Das man der braut entgegen reyt!

Wann es ist warlich hohe zeyt.

Die rät geen ab.

DER FÜRST *spricht.*

Antoni, reyt auffs dorff hinnauß

Zu Griselda ins hyrten hauß!

Sag, das sie eylend kumb zu mir!

Ich hab zu reden was mit ir.

GRISELDA *kumpt, neygt sich; er spricht.*

Griselda, ich wolt, und das du

Uns in dem schloß helffst sehen zu,

Das all ding fein wurd ordinirt,

Weil unser braut yetz kummen wirt,

Das dus auch selbert hetst entpfangen.

Und bald die hochzeyt ist vergangen,

Magst du wol wider gehn zu hauß.

GRISELDA *spricht.*

> Gutwilligklichen überauß
>
> Will ich thun, was ewer gnad begert,
>
> Die weil ich leb auff dieser erd.
>
> Hab auch kein freud in keinen dingen,
>
> Denn ewer gnad willen zu verbringen.

GRAF VON BANOCHO *tritt ein mit allem gesind, raten, trabanten, jungkfrawen und braut, spricht.*

> Herr ayden, hie bring ich die braut,
>
> Welch ewer gnad ist lengst vertraut,
>
> Mein eygne tochter, fleisch und blut,
>
> Sambt eym fürstlichen heyrat-gut.

DER MARGGRAFF *entpfecht die gest, spricht.*

> Seyt mir willkumb zu tausent mal,
>
> Mein herr schweher, auff meinen sal!
>
> Seyt mir willkumb, hertz-liebe braut,
>
> Mein hertze-lieb und höchste traut!
>
> Und auch du, edler schwager mein,
>
> Solst mir auch gotwill-kummen sein!

GRISELDA *entpfecht die braut und spricht.*

> Seyt mir zu tausent mal wilkumb,
>
> Gnad fraw, in ewer marggraffthumb!

DIE ANDER HOF-JUNGKFRAW *spricht.*

> Gnediger herr, es ist ein schand,
>
> Griselda so in schlechtem gwand
>
> Soll umb-gehn bey den edlen gesten.

Ach bekleydet die ehren-festen

Etwan mit eyner bösen wat!

DER MARGGRAFF *spricht.*

Kleyder sie gnug auff diß mal hat,

Die sie wol tregt in irem adel.

Griselda, schaw! laß niemand zadel!

Schaw, ob das mal schir sey bereyt!

Es ist zu essen grosse zeit.

GRISELDA *spricht.*

Setzt nur die braut und gest zu tisch!

Bereyt seind wiltbred, vögl und fisch.

Ich will gehn heyssen richten an

Und was am hof sunst ist zu than.

MISER LUX, DER TRABAND *spricht.*

Antoni, schaw die jungen braut,

Die im hat unser fürst vertraut!

Er hat ein guten tausch gethan.

Ich wolt sie auch vil lieber han.

GRISELDA *spricht.*

Sie ist halt schön und zarter jugend.

Auß irem angsicht scheint die tugend.

Er wirt erst ein seliger man,

Deß ich im wol von hertzen gan.

DER MARGGRAFF *spricht.*

Griselda, wie gfelt dir mein brawt,

Die ich mir yetzund hab vertrawt?

GRISELDA *spricht.*

> Sie gfelt mir wol; ir lob ich krön.
>
> Ist sie so tugenthafft, als schön,
>
> Als mir nit zweyfelt gar gedürst,
>
> So wert ir sein der seligst fürst
>
> Auff gantzer erd; yedoch ich bit
>
> Und warn euch trewlich, das ir nit
>
> Wölt stapften mit den scharpffen sporn
>
> Die jungen fürstin ausserkorn,
>
> Mit der ir thet die andern plagen.
>
> Ich fürcht, sie möcht es nit ertragen,
>
> Dieweil sie ist so zarter jugent
>
> Und villeicht noch zu weich in tugent,
>
> Der voring ungleich in dem stück.
>
> Zu ir wünsch ich ewern gnaden glück.

DER FÜRST *spricht.*

> O Griselda, vol ghorsamkeyt!
>
> Nun yetzund ist es hohe zeyt,
>
> Deins bittern leyds dich zu ergetzen,
>
> Darein ich dich drey mal thet setzen.
>
> Die jungkfraw, die du meinst, sey mein
>
> Braut, schaw! das ist die tochter dein,
>
> Die du hast auß deim leyb geborn,
>
> Die du lengst mainst tod und verlorn.
>
> Dergleichen ist der jügling nun
>
> Mein und auch dein ehlicher sun,
>
> Die mein herr schwager thet versorgen,
>
> Die ich im beyde schickt verborgen,
>
> Darmit probieret dein geduld,
>
> Dein ghorsam, trew, lieb, gunst und huld.

Da fand ich dein gutwilligkeyt

Bestendig fest zu aller zeyt,

Unbeweglich vest, als der stahel.

Nun gib ich dir, hertz-lieber gmahel,

Mich selb, dein kinder, ehr und gut

Wider; darumb sey wolgemut!

Du bist und bleibst mein hertzliebs weib,

Weil die seel wont in meinem leib.

DER MARGGRAFF *spricht zun jungkfrawen.*

Bekleydet die marggräfin schier

Wider in fürstlich schmuck und zier!

Sie geen mit Griselda auß, zu kleyden.

DER FÜRST *spricht.*

Herolt, reyt auffs dorf! bring herein

Den frommen alten schweher meint

JANICULUS *kumpt; der fürst spricht.*

Got-wil-kum, mein hertz-lieber schweher!

Ietz soll euch sein die freud vil neher,

Denn etwan am gestrigen tag,

Da fürt ir heymlich grosse klag.

Da sitzen ewer tochter kinder,

Sind von dem todt erstanden linder.

Euer tochter ist wider im regiment,

All ir hertz-layd in freud gewendt.

Forthin solt ir zu hoff auch bleyben,

Ewer alte tag in rhu vertreyben

In einem guten edelmans-stand.

Legt im bald an ein hoffgewand!

Sie legen dem alten ein schauben an, Griselda kumpt fürstlich geklayd, der graf von Banocho entpfecht sie und spricht.

Gnedige fraw, liebe geschwey,

Lob, ehr und preiß dem herren sey,

Der euch ewer kinder wider gab,

Die ich mit fleiß erzogen hab.

An meinem hof, sam sie mein wem,

Auff ewers gneding herrn begern!

Ich bit: nembts auf in keym unmut!

GRISELDA *spricht.*

Ich danck ewern gnaden alles gut;

Was ir meins herren gnad habt than,

Nem ich im aller-besten an.

JANICULUS, IR VATTER *umbfecht sie unnd spricht.*

Hertz-liebe tochter, grüß dich Got!

Ietz bist erstanden von dem todt

Gleich wider zu eym newen leben,

Weil dir dein herr hat wider geben

Sich selb und darzu deine kinder.

Nun magst du schlaffen dester linder.

DIE JUNG TOCHTER *spricht zum bruder.*

Ey, soll das unser muter sein?

DER JUNG SUN *spricht.*

Ja, aller-liebste schwester mein!

Weil ichs noch sach in schlechtem gwand,

Mein hertz ein lieb gen ir entpfand.

DIE TOCHTER *umbfecht die mutter und spricht.*

Ach hertzen-liebe mutter mein,

Nun bin und bleib ich alzeit dein.

DER SUN *umbfecht sie; sie spricht.*

Hertz-lieber sun, nun grüß dich Got!

Ich hab gemeint, da seist lengst tod.

Lob sey Got in dem höchsten thron,

Ders als zum besten wenden kon.

DER MARGGRAFF *spricht.*

Ich bitt: verzeych mir yederman!

Die ding hab ich darumb gethan,

Das unser tochter lehren sol,

Das sie ein mann auch halte wol

In ghorsam, unterthenigkeyt

Gutwilligklich zu aller zeyt;

Der-gleich, wann unser sun thu alten,

Das er ein gmahel wiß zu halten,

Mit vernunfft in probieren thu

Und darnach mit ir leb in rhu.

Seyt unser freud ist worden gantz,

So mach auff ein frölichen dantz!

Gnediger herr, gebt urlaub mir,

Gehn Bononi zu reitten schir!

Wann es ist zeyt, das ich heym-kher.

Sag ewern gnaden lob, preiß und ehr.

DER MARGGRAFF.

Wolauff und seyt alle bereyt,

Das man auffs ehrlichest beleyt

Mein herr schwager und gneding herrn,

Der uns zu lieb her raist so ferrn!

Dann wöll wir weyter uns bereden,

Urlaub nemen zwischen uns beden,

Weil unser anschlag so behend

Genummen hat ein frölich end

Durch Got, ders als zum besten wend.

Nach dem gehen sie alle in ordnung auß. So beschleußt der ernhold.

Also habt ir vernummen hie

Den innhalt dieser comedi,

Die uns Boccatius beschreybet.

Darinn drey lehr seind eingeleybet;

Die erste, das die eltern söllen,

Wenn sie töchter auffziehen wöllen,

Das sies nit ziehen gar zu zart,

Sunder fein arbeytsamer art,

Auff heußligkeyt, sitten und tugent

Und in auch in plüender jugent

Sollens in brechen und abziehen

Irn eygen willen und zu fliehen

Allen drutz, stoltz und üppigkeyt,

Auff das sie gwonen mit der zeyt,

Zu leyden in dem stand der eh

Geduldig alles wol und weh.

Zum andren ein weibßbild hie lehr,

Das sie auch halt inn würd und ehr,

In lieb und layd ihren ehman,

Gehorsam sey und untherthan

In allen dingen, spricht Paulus (glaubt!)

Weyl der mann ist des weybes haupt,

Wies Got gebot auch im anfang.

So lebt sie inn frid mit im lang,

Wann durch ir geduld und demut

Uberwind sie das böß mit gut

Und wird durch ir gütig geberd

Dem mann angenem, lieb und werd.

Zum dritten lert darauß ein mon,

Das er sein weib sol halten schon,

Wie Petrus schreibt: Liebt ewre weyber,

Geleich als ewre eygne leyber,

Und wonet auch fein in vernunfft

Bey ewern frawen in zukunfft,

Als bey dem schwechsten werckzeug hie!

Wan welcher sein weyb liebet ye,

Der liebet seinen eygen leyb.

Das also zwischen mann und weib

Fried, lieb und trewe aufferwachs

Biß an das end, das wünscht Hans Sachs.